한 가슴이 무너지는 걸 막을 수 있다면

한 가슴이 무너지는 걸 막을 수 있다면
내 삶은 헛되지 않으리
에밀리 디킨슨

살아 숨 쉰다는 것은 고독하다는 것
모두가 혼자다
헤르만 헤세

인생은 축제와 같은 것
하루하루 일어나는 모든 것을 그대로 받아드리세요
라이너 마리아 릴케

하늘의 무지개를 보고 있으면
내 심장이 뛰어오른다
윌리엄 워즈워스

너무 오래 사랑하지 마세요
나는 너무 오래 사랑했어요
윌리엄 버틀러 예이츠

에밀리 디킨슨

헤르만 헤세

라이너 마리아 릴케

윌리엄 워즈워스

윌리엄 버틀러 예이츠

에밀리 디킨슨

Emily Dickinson

희망은 날개를 가지고 있는 것

희망은 날개를 가지고 있는 것
영혼 속에 머물고
내용 없는 노래를 부른다.
끝없는 노래를

폭풍 속 강한바람도 굴하지 않고
작은 새는
더욱 아름다운 노래로
수많은 사람의 마음을 따뜻하게 하였다.

가장 추운 나라에서도
가장 낯선 바다에서도 노래를 들었다.
어려움이 있어도
작은 새는 내게 먹이를 달라 하지 않았다.

한 가슴이 무너지는 걸 막을 수 있다면

한 가슴이
무너지는 걸 막을 수 있다면
내 삶은 헛되지 않으리.

누군가의 아픔을
쓰다듬어 줄 수 있다면
고통 하나만이라도 누그러뜨릴 수 있다면
지친 새 한 마리 둥지로 다시 돌아가게
해 줄 수 있다면

내 삶은 헛되지 않으리.

죽음을 위해 내가 멈출 수 없었기에

죽음을 위해 내가 멈출 수 없었기에
그는 감사하게 나를 위해 멈춰주었네
달리는 마차를 타고 있는 건 우리 자신
그리고 불멸

그는 서둘지 않아도 됨을 알고 천천히 갔다네
그리고 나를 가둬 두었네
나의 일과 여유도 함께
그는 공손했으므로

아이들이 쉬는 시간
원을 그리며 노는 학교를 지나
낟알이 물끄러미 바라보는 들판을 지나
우리는 석양을 지났다네.

오히려 그가 우리를 지나쳤네
이슬에 추워 떨면서도
나의 옷은 가볍고 아주 얇은 천과
망사로 된 어깨걸이 뿐

우리는 어느 집 앞에 잠시 멈추었네
땅이 부풀어 올라
지붕은 거의 보이지 않고
천장의 장신구는 땅속에 있었네.

이후 몇 세기가 지났지만
그날 하루보다 짧다고 느낀다네
처음 마차의 말 머리가
영원으로 향하고 있었기에

나는 아름다움을 위해 죽었지만

나는 아름다움을 위해 죽었지만 부족했습니다.
무덤에 적응하며
진실을 위해 죽은 이들이 누워 있을 때
옆에 있었습니다.

그는 내게 왜 부족했는지 물었습니다.
"아름다움을 위해"라고 대답했습니다.
그리고
"진실을 위한 우리는 하나"라고 말했습니다.

그들과 밤새워
이야기를 했습니다.
이끼가 우리 입술에 필 때까지...
우리의 이름은 모두 감추었습니다.

사랑이란 세상의 모든 것

사랑이란 세상의 모든 것
우리가 사랑이라 부르는 모든 것
그 사랑을 우린
자신의 그릇만큼 밖에 담지 못하네.

내 인생은 장전된 총

내 인생은 장전된 총
구석진 곳에 서 있던 어느 날
주인이 지나가다 알아보고
나를 데려갔습니다.
우리는 국왕의 숲을 돌아다닙니다.
우리는 사슴을 사냥합니다.
내가 그를 위해 말할 때마다
산은 바로 대답합니다.
내가 미소를 지으면 힘찬 광채가 납니다.
계곡에서 번쩍이면
베수비어스 화산이
기쁨을 뿜는 듯합니다.
멋진 하루가 끝나 밤이 되면
나는 주인님의 머리맡을 지킵니다.
밤을 함께 보낸다는 것이
푹신한 오리털 베게보다 좋습니다.
주인님 적에게는 나는 두려운 존재입니다.

내가 노란 총구를 겨누거나
엄지에 힘을 주면
아무도 두 번 다시 움직이지 못합니다.
내가 그분보다 더 오래 살 수도 있습니다.
그는 나보다 더 오래 살아야합니다.
나는 죽일 힘은 있어도
죽는 힘은 없으므로

새 한 마리 산책길에 내려앉아

새 한 마리 산책길에 내려앉아
내가 보는 것도 모르고
지렁이 한 마리 물어뜯더니,
그 녀석을 먹었네.

풀잎에 달린
이슬방울 마시다가
옆으로 깡충 뛰어 벽으로 붙어
딱정벌레 지나가게 길을 양보하네.

재빠른 눈길로
사방을 힐끗 보더니
겁에 질린 눈망울로
비단결 머리를 휘저었네.

조심스레 신중하게
나는 빵 부스러기를 주었네.
새는 날개를 펼치며
부드럽게 노 젓듯 집으로 날아가네.

이음선 없는 은빛바다 위를
가르는 노보다 부드럽게,
한낮 강둑에서 뛰어올라
나비보다 부드럽게 헤엄치듯 날아가네.

진실을 말하거든 살며시 말해요

진실을 말하거든 살며시 말해요.
진실은 돌아 갈 수 있어요.
우리의 약한 마음에
너무 밝은 진실은 최고의 놀라움이에요.
아이에게 번개를 이야기하려면
설명이 필요하듯
진실은 천천히 눈부시게 빛나야 되요.
그렇지 않으면 모든 사람이
장님이 될 수도 있기 때문이죠.

사나운 밤! 격렬한 밤!

사나운 밤! 격렬한 밤!
당신과 함께라면
사나운 밤들도
사치여라!
항구의 가슴에
바람은 헛된 것
나침반도 소용없고
해도도 소용없다.
에덴으로 노를 저어라.
아 바다여!
오늘밤 정박해도 되는가
나 당신 안에 있고 싶다.

난 아무도 아냐! 넌 누구?

난 아무도 아냐!
넌 누구?
너도 아무도 아닌가?
그럼 우리 둘이 있잖아!
말하지 마!
그들이 떠벌릴 거야. 알잖아!
정말 따분하군
누군가가 되는 건!

추억으로부터 달아날 날개가 있다면

추억으로부터
달아날 날개가 있다면
수없이 날게 되리라.

마음으로부터
달아날 날개가 있다면
끝없이 날게 되리라.

고독은 잴 수 없는 것

고독은 잴 수 없는 것
그 크기는 무덤 속에 들어가
추측할 뿐

고독의 가장 두려운 충고는
자세히 들여다보는 동안
스스로 보고
스스로 앞에서 사라지지 않을까 하는 것

공포는 보이지 않은 채
어둠에 갇혀있고
멈춘 의식과 함께
굳게 잠겨있는 존재

내가 두려워하는 고독은
영혼의 창조자
고독의 동굴, 고독의 복도는
불이 밝혀 있어도 깜깜하다.

그림을 그리지 않을래요

그림을 그리지 않을래요.
차라리 그림이 될래요.
불가능하다 해도
이 얼마나 달콤한 꿈인지
그리듯 손가락에 느껴지는 것에 감탄하고
진기한 떨림에
달콤한 고통이 찾아와도
화가의 손길을 느끼고 싶어요.

난 말하지 않을래요.
차라리 음악이 될래요.
코넷악기처럼
부드럽게 천정위로 떠올라
밖으로, 그리고 순조롭게
구름 속 마을을 지나
오로지 악기를 통해서만
부푼 풍선이 되어
내 작은 배가 정박한 부두로
날아가는 음악이 될래요.

시인이 되지 않을래요.
매혹되고 만족하기 쉬운
그런 귀를 가지는 것이 더 좋겠어요.
시를 경외할 수 있는 것은
얼마나 놀라운 특권인가요.
내 영혼을 기절시킬 재능을 가지려면
번개와 같은 선율이 필요하죠.

비밀

날아다니는 것들이 있다.
새, 시간, 그리고 벌
이들을 슬퍼하는 시는 없다.

머물러 있는 것들이 있다.
슬픔, 언덕, 그리고 영원
어느 것도 당연한 것은 아니다.

높이 오르는 것들...
드높은 하늘은 어떻게 설명할 수 있을까?
수수께끼는 여전히 남아있다.

길에 혼자 뒹구는 저 작은 돌

길에 혼자 뒹구는 저 작은 돌은
얼마나 행복할까
세상 명예는 관심 없고
급한 일 일어날까 조바심도 없다.
자연의 갈색 옷은
지나던 어느 계절이 입혀주었나
누구에게 의지하지 않고
혼자 살며 홀로 빛나는 태양처럼
꾸밈없이 겸손하게
하늘의 뜻을 그대로 따른다.

말은 입 밖으로 나오면서

말은 입 밖으로 나오면서
죽는다고
누군가는 말한다.

나는 말한다.
말은 입 밖으로 나오는 순간
살기 시작한다고.

나는 슬픔의 강을 건널 수 있어요

나는 슬픔의 강을 건널 수 있어요.
물이 가슴까지 차올라도
난 익숙하거든요.
하지만 기쁨이 나를 건드리기만 해도
비틀거려 그만 넘어집니다.
기쁨에 취해…
작은 돌도 비웃겠죠.
맛본 적 없는 새 술이니까요.
그게 전부에요.
닻을 올리기 위해
힘은 준비되어야 하는 것
힘은 오히려 연약하고 슬프죠.
거인에게 향기로운 기름을 주어보세요.
인간처럼 연약해질 거예요.
그리고 히말라야를 주어보세요.
산을 안고 갈 거예요.

성공

한 번도 성공을 경험 못 한 사람은
성공을 가장 달콤하게 생각한다.
단맛을 알려면
가장 쓰라린 쓴맛이 필요하다.

승리의 깃발을 잡은 누구도
승리의 진정한 의미를
정의하지 못하리라.

고통스럽게 부서짐을 느끼며
패배하여 죽어가는 자만이
멀리서 울려 퍼지는
승자의 노랫소리가
괴롭고 또렷하게 울려온다.

나는 고민하는 표정이 좋다

나는 고민하는 표정이 좋다.
그것이 진실하다는 것을 알기에
누구도 경련을 피하거나
고뇌를 흉내 낼 수 없다.

가식 없는 고민은
이마 위 구슬땀을
실로 꽤는 척 할 수 없는 법
눈빛이 흐려지면
그것은 죽음과 같다.

나는 당신과 함께 살 수 없어요

나는 당신과 함께 살 수 없어요.
물론 살 수도 있겠지만
선반 뒤 처박혀 있는
그런 인생을 살겠죠.

교회지기가 열쇠를 쥐고
깨진 도자기마냥
우리를 치워두겠죠
한물갔다고.

새로운 찻잔은 즐거움을 주죠.
낡거나 깨지거나하여
아낙네가 쉽게 버린 찻잔은
그저 낡은 도자기거나 깨진 도자기일 뿐.

나는 당신과 죽을 수 없어요.
누군가 기다렸다가
다른 이의 눈을 감겨주는 건
그런 일을 당신은 못할 거예요.

한 시간의 기다림

한 시간의 기다림은
길다.
사랑이 바로 그곳에 있으면

한 시간의 기다림은
짧다.
사랑이 끝을 향해가고 있다면

영혼이란 자신이 있을 곳을

영혼이란 자신이 있을 곳을 선택하죠.
그리고 문을 닫아버려요.
영혼은 신성한 다수에게
더 이상 선물을 제시하지 않아요.

자신 문 앞에 머뭇대는 꽃마차와
황제가 무릎 꿇고 기다려도
영혼은 냉정히 바라만 봐요.

나는 영혼을 알고 있죠.
그 광대한 나라에서
있는 곳을 선택하고 차단하죠,
완전히 알지 못하게.

헤르만 헤세

Hermann Hess

행복해 진다는 것

인생에 주어진 의무는 아무것도 없습니다.
행복 하라는 한 가지 의무뿐.
행복하기 위해 세상에 왔지만
온갖 도덕, 온갖 계명을 갖고서도
행복하지 못합니다.
스스로 행복을 만들지 않기 때문입니다.

인간은 스스로 선을 행하는 한
누구나 행복에 이룰 수 있습니다.
스스로 행복하고 타인과의 어울림을 찾아
서로 사랑 할 수 있다면...

사랑은 유일한 가르침이며
세상의 모든 이가
우리에게 물려준 단 하나의 교훈입니다.
예수도, 부처도, 공자도
사랑의 교훈을 주셨습니다.

세상 모든 사람에게 중요한 한 가지
자신의 가장 깊은 영혼에서 시작하여
사랑하는 것입니다.

보리죽을 먹었든 맛있는 빵을 먹었든
누더기를 걸치든 보석을 휘감았든
사랑하는 영혼이 살아 있는 한
세상은 순수한 영혼의 화음을 울리며
언제나 좋은 세계
언제나 올바른 세상이 계속 되었습니다.

기도

하느님, 저를 절망케 해 주소서
당신에게서가 아닌
저 자신에게 절망하게 하소서
저로 하여금 미혹의 모든 아픔을 느끼게 하시고
온갖 고뇌의 불꽃도 맛보게 하시고
온갖 모욕을 겪게 하소서
스스로 지탱할 수 있게 돕지 마시고
스스로 발전하는 것도 돕지 마소서
저의 자아가 송두리째 무너지거든
저에게 가르쳐 주소서
당신이 그렇게 준비하셨다는 것을
당신이 고뇌와 모욕을 주셨다는 것을
즐거이 멸망하고 기꺼이 죽으려 하지만
저는 오직
당신의 품속에서만 죽을 수 있다는 것을…

어머님께

이야기 할 것이 너무나 많았습니다.
너무 오랫동안 멀리 떨어져 있었습니다.
그래도 나를 가장 이해해 주신 분은
어느 때나 당신이었습니다.

오래전 당신에게 드리려는
첫 번째 선물을
수줍은 어린아이 손에 있지만
당신은 눈을 감고 말았습니다.

이것을 읽고 있으면
이상하게도 슬픔을 잊는 듯합니다.
말로 다 할 수 없는 다정한 당신이
천 개의 실로 저를 둘러싸고 있기 때문입니다.

내 젊음의 초상

이제는 전설이 된 먼 과거로부터
내 젊음 초상이 나를 보며 묻는다.
지난날 태양의 밝아짐에
무엇이 반짝이며 불타고 있는가를

지난날 내 앞에 비춰진 길은
내게 많은 번민의 시간과 커다란 변화를 가져왔다.
그 길을
나는 다시 걷고 싶지 않다.

나는 나의 길을 성실히 걸었고
추억은 보물과 같은 것이다.
잘못도 실패도 많았지만
나는 그것을 후회하지 않는다.

멀어져 가는 젊음

고난했던 여름은 고개를 숙이고
호수에 비친 마지막 그의 모습을 들여다본다.
반복되는 생활에 지친 나는 먼지에 싸여
가로수 그늘을 찾아 방황하고 있다.

포플러 나무 사이로 바람이 지나간다.
내 뒤로 석양은 금빛으로 타오르고
앞으로는 어두운 밤의 불안이
죽음과 함께 온다.

먼지에 싸인 나는 지친 걸음을 옮겨 놓는다.
젊음은 머뭇거리듯 나의 뒤로 밀려나고
고운 모습은 숨은 채
나와 함께 가려하지 않는다.

편지

서쪽에서 바람이 불어와
보리수 깊은 신음을 하면
달빛은 나뭇가지 사이로
내 방에 머문다.

나를 떠나간
그리운 이에게
긴 편지를 적어본다.
달빛이 편지위에 머문다.

글 속에 머무른
달빛을 보면
자꾸 눈에 슬픔이 솟아
잠도, 달도, 밤의 기도도 모두 잊는다.

어둠과 나와

촛불을 껐다.
열린 창으로 밤이 내려와
살며시 나를 안고
나를 친구로, 형제로 삼는다.
우리는 같은 그리움에
불안한 꿈을 밖으로 내보내고
소곤소곤 아버지 집에 살던
지난 추억을 이야기한다.

가을날

수풀은 금빛으로 타고 있다.
아름다운 그녀와 수없이 걷던 이 길을
나는 지금 혼자 걸어간다.

이렇게 화창한 날
오랫동안 품었던 행복과 고뇌는
향기가 되어
먼 풍경 속으로 녹아들어 간다.

풀을 태우는 연기 안에서
농부의 아이들이 노래하며 뛰논다.
나도 아이들처럼
노래를 부른다.

한 점 구름

파란 하늘에
보드랍고 가벼운
하얀 구름이 흐른다.
눈을 감고 느껴 보라.
새하얗고 폭신한 저 구름이
너의 푸른 꿈결로 흐르는 것을.

안개 속에서

안개 속을 걸어가면 이상하다.
덤불과 돌은 외롭고
수목들은 서로를 느끼지 못한다.
모두가 혼자다.

나의 모든 것이 좋았던 시절
세상은 친구로 가득했다.
그러나 안개가 내린 지금
누구 하나 보이지 않는다.

모든 것이 어쩔 수 없다.
사람을 말없이 격리하고
어둠을 모르는 사람은
진실로 현명하다 할 수 없다.

안개 속을 걸어가면 이상하다.
살아 숨 쉰다는 것은 고독하다는 것.
사람들도 서로를 느끼지 못한다.
모두가 혼자다.

생의 계단

만개했던 꽃은 시들고
청춘이 늙음에 복종하듯
인생의 계단도, 지혜도, 베풀었던 덕도
영원하지 않다.

삶이 부르는 음성을 들을 때
가슴은 슬픔을 숨기지 않고
새로운 시작을 준비해야 한다.

생의 계단 처음에는
지켜주고 살아가게 하는 마력이 깃들어 있다.
우리는 연결되는 생의 공간을
명쾌하게 지나가야 한다.

뿌리내려 편히 지내게 되면
무기력해지기 쉽다.
새로운 시작과 여행을 떠날 준비가 되어 있는 자만이
나태함의 습관에서 벗어나게 된다.

떠나는 임종의 시간마저
새로운 공간으로 즐겁게 출발하자.
우리를 부르는 삶의 음성은 항상 멈춤이 없으리
마음이여, 이별을 고하고 건강하여라.

봄의 말

아이들은 모두 알고 있다.
봄이 말하는 것을
살아라, 자라나라, 피어나라, 희망하라, 사랑하라,
기뻐하라, 그리고 새로운 싹을 움트게 하라.
몸을 내던져도 삶을 두려워 마라.

노인들은 모두 알고 있다.
봄이 소곤거리는 모든 것을
노인이여, 이제 땅속에 묻혀라.
튼튼한 아이들에게 자리를 내어 주라.
몸을 내던지고 죽음을 두려워 마라.

봄날

숲속 바람소리
그리고 새소리
드높은 푸른 하늘에
조용히 떠내려가는 조각배 구름.

나는 꿈꾼다.
금발의 여인 그리고 어린 시절을
드높은 푸른 하늘은
내 그리움의 요람.

요람 속 나는 따듯이 누워
노래 부르며 생각에 잠긴다.
어머니 품에 안긴
아가처럼

둘 다 같다

젊은 날에는
쾌락을 찾아 다녔다.
그 후 근심에 잠겨
고뇌와 괴로움에 잠겨 있었다.

지금 나에게 쾌락과 괴로움은
형제가 되어 붙어있다.
기뻐하든 슬퍼하든
둘은 하나가 되어 있다.

신이 나를 지옥이나
태양의 하늘 길로 이끄시면
그의 손길을 느끼고 있는 한
나에게는 둘 다 같다.

잠들려 하며

하루 일과 후 모든 것이 지쳐 버렸다.
고단한 아이가 정겹게 하늘의 별을 맞이하듯
나의 소원은 아이처럼 되고 싶다.

손이여, 일을 그만 멈춰라.
머리여, 생각을 모두 잊어라.
나의 모든 감각은
잠 속으로 빠지려 하고 있다.

영혼의 굴레에서 벗어나
깊은 밤 신비한 세상에서
천 곱절 살기 위해
자유로운 날개 짓을 하려고 한다.

책

세상 어떤 책도
그대에게 행복을 가져다주지 못합니다.
하지만 살며시
그대 자신 속으로 돌아가게 합니다.

그대에게 필요한 모든 것은 자신 속에 있습니다.
해와 달과 별
그대가 찾던 빛은
그대 자신 속에 있기 때문입니다.

그대가 오랫동안
수많은 책에서 찾던 지혜는
펼치는 한 장 한 장 환한 빛을 띄웁니다.
이제는 지혜가 그대 것이기 때문에.

시든 잎

꽃은 열매가 되고자하고
아침은 저녁이 되고자합니다.
변화와 시간의 흐름만이 있을 뿐
지상에 영원한 것은 없습니다.

아름다운 여름도
가을이 되어 쇠락을 느끼려합니다.
잎사귀여, 바람이 데려가려 하거든
인내하며 떨어지지 말라.

떨어지거든
당신을 떼어낸 바람에게
집으로 보내 달라 말하렴.

혼자서

세상에는
크고 작은 길이 무수히 많다.
그러나
가고자 하는 곳은 오직 한곳.

말을 타고 갈 수도, 차를 타고 갈 수도,
둘, 또는 셋이 갈 수도 있다.
하지만 마지막 한 걸음은
오직 홀로 걸어서 가야 한다.

아무리 괴롭고 외로운 일이라고
혼자 하는 것보다
더 나은 지혜나 능력은 세상에 없다.

시들어 가는 장미

많은 사람이 이것을 느낀다면
많은 연인이 이것을 배운다면
자신의 향기에 스스로 취하며
살해자인 바람에 귀 기울이며
잎사귀의 놀림에 빨갛게 흩어지며
사랑의 만찬에서 웃으며
이별을 축제로 받아들이는
육체에서 벗어나 아래로 떨어지며
죽음을 키스처럼 들이마시는 것을

밤비

빗소리가 들려
눈을 떴다.
소리가 몸속에서 느껴진다.
습하고 서늘한 수천의 소리로
비는 밤을 가득 채운다.
귓속말로, 웃음으로, 앓는 소리로
흐르는 듯 부드럽게 뒤엉킨 소리에
귀를 기울인다.

햇볕 내리쬐던 하루하루
건조한 메마른 소리 후에
차분히 설레며
비의 탄식이 들려온다.

나는 별이다

나는 밤하늘에 홀로 있는 별
세상을 살피고
세상을 비웃다 스스로 못 이겨 불타버리는

나는 폭풍우가 몰아치는 밤바다
죄에 새로운 죄를 쌓아 올려
희생을 치르며 몸부림치는 바다

그들의 세상에서 추방된 나
자만심에 길러지고 자만심에 속은
나는 영토 없는 왕

나는 묵언의 열정
가진 것 하나 없고, 전쟁터에는 칼도 없어
나 스스로 힘이 빠져버린다.

그대를 사랑하기에

그대를 사랑하기에, 나는 밤에
몹시 설레며 그대에게 다가가 속삭였습니다.
그대가 나를 영원히 못 잊도록
그대의 마음을 가져왔습니다.

그대의 마음이 좋거나 나쁘거나
나와 함께 있으니 온전히 저의 것입니다.
두근거리며 타오르는 나의 사랑에서
그 어느 천사도 그대를 데려가지 못합니다.

연가

나는 꽃이기를 원했다.
그대 내게 조용히 다가와
그대 나를 잡고
그대의 것으로 만들기를 원했다.

나는 붉은 포도주이고 싶었다.
그대 입으로 달콤하게 흘러내려
그대와 내가 하나가 되길
하나가 되어 건강하길 원했다.

교훈

사랑하는 아들아
사람들의 말에는
거짓이 섞여 있다.

사람은
기저귀에 싸였을 때와
무덤 속에 있을 때
가장 정직하다.

조상 옆에 같이 누웠을 때
우리는 현명해지고
서늘한 3,4월
백골로 진리를 깨우친다.

대부분의 사람은
거짓을 말하려
다시 살아나고 싶어 한다.

그는 어둠속을 걸었다

그는 어둠속을 걸었다.
검은 나무들의 그림자가 꿈을 식혀주는…

열망에 불타고 있었다.
그의 가슴은 빛을 향한 욕망으로…

그는 모르고 있었다.
머리 위, 은빛으로 가득한
구름 걷힌 맑은 하늘이 있음을…

라이너 마리아 릴케

Rainer Maria Rilke

조용한 시간

세상 어딘가에서 울고 있는 이는 누구인가요.
이유도 없이 울고 있어
눈물이 나요.

밤에 어딘가에서 웃고 있는 이는 누구인가요.
이유도 없이 웃고 있어
저를 비웃 듯해요.

세상 어딘가를 헤매고 있는 이는 누구인가요.
이유도 없이 헛되이 떠돌고 있어
제게 오는 듯해요.

세상 어딘가에서 죽어가는 이는 누구인가요.
이유도 없이 죽어가고 있어
나를 보는 듯해요.

고독

고독은 비와 같습니다.
해질녘 바다에서 솟아올라
하늘위로 떠오르면
마을로 천천히 내려앉습니다.

어둑한 시간 비는 부드럽게 내립니다.
길에 그림자가 드리워
아침을 향해 돌아설 때
만족하지 못한 육체와 육체가
서로에 실망하며 슬프게 헤어질 때
증오를 품은 사람들이
깊이 타오를 때

그때 고독은 강을 따라 떠내려갑니다...

한 번만 그렇게 조용했으면 좋겠어요

한 번만 그렇게 조용했으면 좋겠어요.
우연한 것, 본의 아닌 것에
이웃의 웃음이 침묵한다면
나의 감각이 만들어 내는 소음에
내가 감시하는 것을 막지 못한다면
그러면 나는 천 배나 더 많이
당신의 전부를 생각합니다.

당신을 소유하고
모든 생명에게 고맙다는 증표로
당신을 선물하기 위하여
한 번만 그렇게 조용했으면 좋겠어요.

나는 세기가 흘러가는 지금 살고 있다

나는 세기가 흘러가는 지금 살고 있다.

신과 당신과 내가 적어 넣었지만
이방인의 손에 의해 방향이 바뀌어 움직이며
무슨 일이든 일어날 수 있는 곳

침묵은 저마다의 너비를 시험해 봅니다.
그리고 서로를 애매모호 마주 보고 있습니다.

당신이 알고 있듯 저는 많은 것을 원합니다

당신이 알고 있듯 저는 많은 것을 원합니다.
저는 모든 것을 원할지도 모릅니다.
모든 추락은 끝없는 어둠
모든 상승은 가벼운 떨림의 장난 같은 것

많은 사람들이 살고 있지만 아무것도 원하지 않습니다.
그들의 가벼운 판단은
감정의 모든 것을 지배했습니다.
그러나 당신은 즐거워합니다.

섬기고 갈망하게 하는 것
당신은 당신을 도구처럼 사용하는
모든 사람을 기뻐합니다.
당신은 아직 춥지도 않고 너무 늦지도 않았습니다.
당신의 삶이 조용히 드러나는
깊은 곳에 잠기기에 아직 늦지 않았습니다.

누군가가 한때 당신을 원했기에

누군가가 한때 당신을 원했기에
우리가 당신을 원할 수 있다는 것을 아세요.
만약 우리가 모든 것을 거부하고
아무도 그것을 알려고 하지 않으면
당신이 가진 가치를 모를 것입니다.
암석의 단단함 속으로 파고든 이가 있어
언젠가 그것을 드러내게 합니다.
비록 우리가 원하지 않더라고
하느님은 계획하십니다.

나의 인생은 아주 바쁘지 않아요

나의 인생은 아주 바쁘지 않아요.
내가 서두르고 있었나요?
나는 나의 배경 앞에 서있는 나무.
나는 나의 많은 입 가운데 하나일 뿐입니다.
그리고 가정 먼저 닫는 입.

나는 두 음 사이에 침묵합니다.
죽음의 소리가 커지기를 원하는
서로에게 잘 어울리지 않는 사람입니다.
어두운 간격에
두 음은 떨리며 화해합니다.
그리고 노래는 아름답게 유지됩니다.

인생

인생을 이해하려 해서는 안 됩니다.
인생은 축제와 같은 것
하루하루 일어나는 모든 것을 그대로 받아드리세요.
길을 걸어가는 어린아이가
바람에 실려 오는
꽃잎을 온 몸으로 받아들이듯.

어린아이는 꽃잎을 주워
모아두려 하지 않아요.
머리카락에 꽃잎이 머무르고 싶다하여도
어린아이는 가볍게 털어내지요.
그렇지만 어린아이는
새로운 꽃잎을 향해 손을 내밀고 있어요.

사랑에 빠질수록 혼자가 되어야 합니다

사랑을 하는 사람은
혼자 지내는 시간에 익숙해져야 한다.
사랑이라 말하는 그것은
두 사람의 함께하여야 보이는 것이 아닌
두 사람이 따로 있어서야 비로소 완성될 수 있는 것

사랑을 하는 사람은
자기감정 속에서 스스로를 가다듬어야 한다.
사랑이라 말하는 그것은
두 사람이 서로에게 부담스런 짐이 아닌
두 사람이 서로 자유로울 수 있어야 완성될 수 있는 것

사랑에 빠질수록 혼자가 되어야 합니다.
오로지 혼자가 되어야 합니다.

나의 고독이여

나의 성스러운 고독이여
밝은 아침을 맞은 정원처럼
너는 풍요롭고 맑고 넓다.

나의 성스러운 고독이여
갖가지 희망이 기다리고 있는
황금의 문들을 굳게 닫아 두어라.

사랑의 여인

그렇습니다.
저는 당신을 그리워하고 있습니다.
저의 존재를 잊은 채,
스스로 저의 손에서 미끄러져 나가는 것입니다.
당신이 진지하고 한결같은 확고함으로
저에게 밀려드는 것에
저항할 생각도 없이...

그 시절, 저에 대한 자신이 있었습니다.
저를 부르는 어떠한 것에도
저를 배신하는 무엇도 없었습니다.
다만 시냇물이 살랑이며
흘러가는 정적 뿐...

그러나 지금
봄날 무의식의 어둑한 시간에서
그 무엇이 저를 떼어 막아 놓았습니다.
저의 가장 훈훈한 생명을
누군지도 모르는 이의 손에 넘겨버린 것입니다.
어제까지 제가 무엇이었는지도 모르는 이의 손에…

저의 눈을 감기세요

저의 눈을 감기세요.
그래도 저는 당신을 볼 수 있습니다.
저의 귀를 막으세요.
그래도 저는 당신의 소리를 들을 수 있습니다.

다리가 없어도 저는 당신에게 갈 수 있습니다.
입을 막아도 당신을 부를 수 있습니다.

팔을 꺾어 보세요.
그래도 저는 당신을 잡을 수 있습니다.
제 심장을 멎게 하세요.
그러면 저의 뇌가 맥박 칠 것입니다.

당신이 저의 뇌에 불을 지피면
그래도 저의 피는 당신을 실어 나를 것입니다.

마지막 집

이 마을에 마지막 집이 있다.
세상 가장 끝 집인 양 쓸쓸하게

조그만 마을조차 붙잡지 않는 길은
천천히 어둠 속으로 멀리 뻗어간다.

조그만 마을은 예감과 불안이 가득 한
두 개의 먼 나라를 이어주는 통로일 뿐
오솔길도 아닌 스쳐 지나가는 길일뿐

조그만 마을을 떠난 이들은
오랫동안 떠돌다
대부분 죽음을 맞이한다.

그래도 나에게는

그래도 나에게는
그를 위한 노래 하나하나를
나의 가슴속 깊은 곳에
간직하고 있다는 생각이 든다.

그는 떨리는 콧수염아래 숨은 채 침묵하고 있다.
자신의 선율에서
스스로 자신을 되찾으려 하는지 모른다.
나는 그의 무릎으로 다가간다.

그의 노래가 나직한 소리되어
그의 속으로 흘러 되돌아간다.

어느 봄날이나 꿈에서

어느 봄날이나 꿈에서
내가 당신을 만난 적이 있어요.
우리는 함께 보내고
당신은 내 손을 잡고 울고 있어요.

쫓아오는 구름에 울고 있나요?
핏빛처럼 물든 나뭇잎 때문인가요? 그렇지 않겠죠…
나는 느낄 수 있어요.
한 번은 행복했기 때문이라고.
어는 봄날이나 꿈에서…

어떻게 사랑이 당신에게 왔나요?

어떻게 사랑이 당신에게 왔나요?
내리쬐는 태양처럼
눈 덮인 꽃이 피는 것처럼
기도하는 것처럼 왔나요?

사랑은 날개를 접은 채
하늘에서 내려왔네요.
나의 빛나는 영혼에 매달려있네요.

그날은 하얀 국화가 피는 날이었다

그날은 하얀 국화가 피는 날이었다.
나는 화려함 앞에 두렵고 무서웠다.
당신은 나의 영혼을 빼앗아 갔다.
그날 늦은 밤 조용히.

나는 두려웠다.
너는 너무나 사랑스럽게 조용히 내게 왔다.
나는 꿈속에서 너를 생각하고 있었다.
너는 이곳에 오고, 동화처럼 부드럽게
온밤 울려 퍼졌다.

가을날

주여, 가을이 왔습니다. 여름은 참으로 위대했습니다.
해시계 위에 당신의 그림자를 얹으시고
들판에는 바람을 풀어놓아 주소서.

마지막 과실들을 영글게 하시고
이틀만 더 남국의 햇살을 주어
더 온전하게 익게 하여
짙은 포도주에 단맛이 스미게 하소서

지금 고독한 사람은 내일도 고독하게 살며
잠들지 않고 책을 읽고, 긴 편지를 쓸 것입니다.
낙엽이 바람에 불어 흩날리면
불안스레 이리저리 가로수 사이를 해맬 것입니다.

노란 장미

노란 장미를
어제 그 소년이 내게 주었습니다.
나는 오늘 그 장미를 들고
소년의 무덤으로 찾아갑니다.
보세요! 꽃잎에는 아직
물방울이 맺혀 있습니다.

오늘 눈물인 이것…
어제 이슬이던 것…

꼭 그래야 하는 것처럼 슬프기만 하다

꼭 그래야 하는 것처럼 슬프기만 하다.
온 세상이 잿빛으로 변하는 것처럼
마치 사랑하는 사람이 내게 키스하고
헤어지자 말하는 것처럼

언덕 위 이름 모를 소녀가
내게 남아 있던 시든 장미를 훔쳐가
죽어 누워 있는 나의 머릿속에
견딜 수 없는 외로움과 괴로움이 솟아나듯
꼭 그래야 하는 것처럼 슬프기만 하다.

신부

사랑하는 이여!
큰 소리로 저를 불러주세요!
당신의 신부는 창가에서 밤을 지새웁니다.
저녁은 황혼으로 기울고
오래된 플라타너스 가로수 텅 빈 골목으로
어둠은 슬슬 내려옵니다.

어둡고 외로운 외딴 집에서
당신의 목소리가 저를 감싸게 해주세요.
잿빛 그림자가 떠다니는 짙푸른 정원을 통해
저는 저의 두 손을 뻗은 채
내 영혼을 쏟아낼 것입니다...

조각상의 노래

나를 사랑하는 사람은
나를 위해 소중한 생명을 줄 수 있을까
누군가 나를 위해 바다에 빠진다면
나는 돌에서 해방될 것이다.
나의 삶, 내 삶을 가지리라

나는 끓어오르는 피를 갈망한다.
돌은 너무나 고요하고 차갑다.
나는 생명을 꿈꾼다.
생명은 즐거운 것이다.
나를 깨울 수 있는
용기는 있는 사람은 없는 것인가

나는 울고 또 혼자 울고
나의 돌을 생각하며 늘 울게 되리라.
나의 피가 포도주처럼 익는다고
내게 무슨 기쁨이 되겠는가.
나를 위해 주어진,
사랑을 위해 주어진,
사랑하는 사람을
바다에서 되돌아오게 할 수도 없다는 것을

윌리엄 워즈워스
William Wordsworth

수선화

산골짜기 언덕 위 떠도는 구름처럼
외롭게 떠돌다
나는 보았다.
산들 바람에 흔들리는
호숫가 나무아래
한 무리의 황금빛 수선화를

별처럼 빛나고
은하수처럼 반짝이며
셀 수 없는 꽃송이가
물 가장자리 끝없이 줄지어 피어
즐겁게 춤을 추듯
고개를 흔드는 수선화

물결도 춤을 추었으나
기쁨의 춤은 수선화를 앞서지 못하니
꽃무리의 흥겨움을 벗하며
시인이 유쾌하지 않겠는가,
나는 바라보고 또 바라보았지만
그 풍경의 보배로움을 미처 알지 못했다.

홀로 생각에 잠겨
나의 자리에 누워있으면
고독 속에 잠든 내면의 눈에
갑자기 번뜩이는 수선화
나의 마음은 기쁨으로 채워지고
나는 수선화와 함께 춤을 춘다.

우리는 너무 세상에 갇혀 산다

우리는 너무 세상에 갇혀 산다.
이른 새벽부터 밤늦도록
돈을 벌고 쓰는 일에
우리 힘을 실속 없이 사용한다.
우리에게 주어진 세상도 보지 못하고
우리의 마음도 버렸으니
이 비겁한 흥정이여!
달빛에 가슴을 드러낸 바다는
밤낮으로 울부짖다.
시든 꽃의 떨기처럼 잠잠해지는 바다
이 모든 것과 우리는 조화롭지 않다.
그것은 우리를 감동시키지 못한다.

신이여!
차라리 사라진 옛 믿음으로
성장하는 이교도가 되어
아름다운 풀밭위에 서서
풍경을 바라보며 위안을 삼아라.
바다에서 솟아나는 프로테우스를 볼 수 있고
트리톤의 소라고둥 소리를 들을 수 있도록

하늘의 무지개를 보고 있으면

하늘의 무지개를 보고 있으면
내 심장이 뛰어오른다.
내 인생이 시작했을 때도 그랬고
다 자란 지금에도 그러하니
내가 늙어갈 때도 그렇지 못하면
차라리 죽음을 맞이하리
아이는 어른의 아버지
원하노니 나의 날들이
자연의 공경으로 이어질 수 있도록

잠이 나의 영혼을 봉인하여

잠이 나의 영혼을 봉인하여
나는 인간적인 두려움이 없었습니다.
세속적인 세월의 감촉을
느낄 수 없는 것처럼 보였습니다.

이제 움직임도, 힘도 없습니다.
듣지도 보지도 못합니다.
하루하루 세상시간과 함께 회전했습니다.
큰바위, 돌멩이, 나무와 함께.

초원의 빛

한때 그렇게 찬란한 광채가
눈앞에서 영원히 사라진다 해도
초원의 빛, 꽃의 영광의 시절을
어떤 것도 되불러올 수 없다 해도

우리는 슬퍼하기보다
차라리 남은 것에서 힘을 찾으리라
인간의 고통으로부터 솟아오르는
위안을 주는 마음에서…
죽음 너머를 보는 신앙과
사색이 가져다주는 세월에서…

아름다운 저녁

고요하고 한가로운 아름다운 저녁
거룩한 시간, 찬미하는 수녀처럼 조용하다.
태양은 고요 속에 지고
하늘은 바다를 품었다.
들어보라!
위대한 자가 천둥소리를 울려대고 있다.
귀여운 아이와 소녀는
나와 함께 이곳을 거닐며
엄숙함에 감동하지 않은 듯 보여도
성품은 여전히 고결하다.
너는 항상 아브라함 가슴속에 있고
사원 안에서 기도하고 있으니
우리가 알지 못하는 시간에도
하느님은 너와 함께 하시리라.

홀로 추수하는 처녀

그녀를 보라, 들판에서 홀로
추수하며 노래하는 처녀를
멈춰서라, 아니면 조용히 지나가라
홀로 곡식을 자르고 묶으며
슬픈 노래를 부른다.
들어보라! 깊은 골짜기가
그녀의 소리로 넘쳐나는 것을

아라비아 사막에서
그늘진 쉼터를 찾아 쉬는 여행자에게
어떤 작은 새도 이보다 반가운 노래를 들려주지 못하니
아득히 먼 헤브리디스 바다에
침묵을 깨뜨리며 봄을 맞이하는 뻐꾸기의
이렇게 황홀한 목소리는 전혀 들은 적 없네.

그녀가 무엇을 노래하는지 말해 줄 수 없나?
슬픈 노래를 부르고 있겠지
오래전 아득히 먼 곳의
불행하고 서러운 오래전 전투를
아니면 겸허한 노래인가,
익숙한 일상의 노래인가,
예전에도 있었고 다시 일어날 수 있는
자연스러운 슬픔과 아픔처럼

무엇을 노래하든 그 처녀는
노래가 끝이 없다.
낫질하며 일하며
노래하는 것을 나는 보았다.
조용히 그 자리에서 들었다.
그리고 언덕위에 올라섰을 때
이미 노랫소리는 들리지 않았으나
내 가슴속에 영원히 머물러 있으리.

웨스트민스터 다리에서

세상 이보다 더 아름다운 것이 있을까
감동적이고 웅장한 광경을
그냥 지나치는 영혼은 어리석다.
런던은 지금 아침의 아름다움을
묵묵히, 꾸미지 않은 옷처럼 입었다.

배도 성탑도 둥근 지붕도
그리고 극장, 교회도
들판과 하늘을 배경삼아 펼쳐져 있고
맑은 공기 속에 눈부시게 반짝인다.

태양도 이처럼 아름답게
계곡, 바위, 언덕을
아침의 눈부심 안에 담은 적이 없었다.

이렇게 깊은 고요함을
나는 보고 느끼지도 못했다.
강은 제 뜻대로 유연히 흘러가고
아! 집들마저 잠든 것 같다.
웅장한 도시의 심장도
지금은 조용히 누워있다.

루시

도브 강 샘터
사람이 지나지 않는 곳
그녀는 살고 있었네.
칭찬해 주는 이 없고
사랑할 이 없는 여인이었네.

사람의 눈길이 거의 안 닿는
이끼 낀 바위틈에 핀 오랑캐꽃처럼
밤하늘 단 하나만 빛나고 있는 별처럼
여인은 아름다웠네.

아무도 모르게 살았고
아무도 모르게 죽어갔네
이제는 무덤 속에 여인이 있네.
이제는 나만 여인을 알고 있네.

삼월에 쓴 시

수탉은 울고 시냇물은 흐른다.
작은 새는 지저귀고 호수는 반짝이며
푸른 들판은 태양 아래 잠을 잔다.
늙은이도 어린아이도
장정들과 함께 일한다.
풀 뜯는 소들은 고개도 들지 않는다.
마흔 마리가 하나같이!

패배한 군사처럼 눈은 물러가고
헐벗은 언덕 위에 흔적만 남아있다.
소 모는 소년은
산에는 기쁨, 샘솟는 생명
훽훽 소리를 지른다.
조각구름 지나가고 나타난 푸른 하늘
비는 멀리 가버렸다.

윌리엄 버틀러 예이츠

William Butler Yeats

하늘의 융단

나에게 금빛과 은빛으로 수놓은
하늘의 융단이 있다면
밤과 낮과 어두움을 수놓은
푸르고 어두운 옷감이 내게 있다면
그대 발밑에 깔아 드리련만,
가난한 내가 가진 것은 오직 꿈뿐이라.
그대 발밑에 꿈을 깔아 드리오니
사뿐히 즈려밟고 가소서,
그대 내 꿈을 밟고 가소서.

지혜는 시간과 더불어 온다

잎은 많아도 뿌리는 하나
내 청춘의 모든 거짓된 시간 동안
햇빛 속에서 나는 잎과 꽃을 흔들었지만
이제 나는 진실 속으로 시들어가리.

그대 늙었을 때

그대 늙어 백발이 되고 잠이 많아져
난로 가에서 고개를 꾸벅거릴 때,
이 책을 꺼내어 천천히 읽으며
그대의 눈이 오래전 지녔던
부드러운 시선과 그 깊은 그림자를 꿈꾸어라

많은 사람이 그대의 우아한 순간을 사랑했고
진실이던 거짓이던 그대의 아름다움을 사랑했다.
오직 한 사람만이 그대안의 영혼을 사랑했고
그대 변해가는 얼굴 속 슬픔을 사랑했었다.

달아오른 난로 가에 허리를 구부리고 슬픔을 우물거려라.
어떻게 사랑이
산 위나 하늘 높이 달아나
수많은 별들 사이에 숨어버리느냐고.

버드나무 정원에서

버드나무 정원에서 내 사랑과 만났네
그녀는 눈처럼 희고 작은 발로
버드나무 정원을 거닐며 내게 말했네
나뭇가지에 잎사귀가 자라듯 사랑을 쉽게 여기라고
나는 젊고 어리석어 그녀의 말을 믿으려 하지 않았네

강가 들판에서 내 사랑과 서있었네
기울어진 내 어깨위에
눈처럼 흰 손을 얹으며 내게 말했네
강둑에 풀이 자라듯 인생을 쉽게 여기라고
젊고 어리석었던 나는 지금 눈물만 가득하네

너무 오래 사랑하지 마세요

너무 오래 사랑하지 마세요.
나는 너무 오래 사랑했어요.
그러다 점점 잊혀진
노래처럼 되었어요.

우리가 함께 보낸 젊은 시절
서로의 생각을 구분할 수 없을 만큼
우리는 하나였어요.

하지만 한 순간 그녀는 변했어요.
아, 너무 오래 사랑하지 마세요.
그렇지 않으면
당신은 시절에 뒤쳐진
노래처럼 되어요.

술을 마시며

술은 입으로 들어오고
사랑은 눈으로 들어온다.
우리가 죽기 전
깨달아야 할 진실은 이것뿐.

술잔을 입에 대고
그대 바라보며 한숨짓는다.

첫사랑

하늘에 떠다니는 달처럼
아름다움의 잔인한 무리에서 자라났지만
그녀는 잠시 걷다 얼굴을 붉히며
내가 가는 길에 서 있었어요.
그녀의 몸이 살과 피로 된 심장을
갖고 있다고 내가 생각할 때까지.

내가 그 위에 손을 얹어
그녀의 심장이 돌처럼 냉혹한 것을 알게 된 후
나는 많은 것을 시도했어요.
하지만 이뤄진 것은 아무것도 없어요.
매번 얹었던 내 손은
달을 잡으려고 허공을 헤매고 있었던 거예요.

그녀의 미소가 나를 변화시켰어요.
그녀는 나를 바보로 만들었고
나를 이곳저곳 어정대게 만들었죠.
달이 사라진 뒤,
별들이 지나간 길보다 더
마음이 텅 비어 헤매고 다녔어요.

이니스프리 호수의 섬

나 일어나 이제 가리, 이니스프리로 가리
점토와 나뭇가지로 엮은 작은 오두막을 짓고
아홉 이랑 콩밭 갈고 꿀벌 통 하나 갖고
벌 소리 들으며 숲속에 나 혼자 살리라.

나는 그곳에서 평화를 얻으리라
이슬 맺힌 아침부터 귀뚜라미 노래하는 저녁까지
한밤에는 은은히 빛나고 한낮에는 보랏빛으로 반짝이며
저녁에 홍방울새의 날갯짓 소리로 가득하네.

나 지금 일어나 가리, 항상 밤낮으로
호숫가 찰랑찰랑 낮은 물결 소리 들리니
길 위에 서 있거나 잿빛 노면에 서 있을 때에도
내 마음 깊은 곳에서 그 소리 듣고 있으리...

약속

그대 약속을 지키지 않아
다른 이들이 나의 친구가 되었습니다.
하지만 죽음을 마주할 때나
내가 깊은 잠속에서 해매고 다닐 때
술을 마시고 취해 힘들 때
항상 나는 그대의 얼굴이 떠오릅니다.

코트

나는 내 노래로 코트를 만들었습니다.
오래전 만든 실로 엮듯
발끝에서 목까지.
하지만 바보들이 그것을 가져다
세상 사람들에게 다 보여주네요.
마치 저희가 만든 것처럼…
노래여, 그들이 가져가게 놔두세요.
벌거벗은 채로 걷는 것이
더욱 참된 교훈이 있으니

죽음

죽어가는 동물은
두려움과 희망을 알지 못한다.
인간은 그의 종말을 기다리며
모든 것을 두려워하고 희망한다.
그는 여러 번 죽었고
여러 번 다시 일어났다.
긍지가 강한 사람은
죽이려는 자들과 맞서고
조롱을 퍼붓는다.
그는 죽음을 뼛속까지 알고 있다.
인간이 죽음을 창조했기에

오랜 침묵 후에

오랜 침묵 후에 하는 말
다른 모든 연인들은 멀어지거나 떠났고
등불은 무심한 듯 갓 아래 숨고
커튼도 무심한 밤을 가리었으니
우리는 예술과 음악의 깊은 의미에 대해
이야기하고 또 이야기하는 것이 좋으리라

육체가 늙는 것은 지혜를 얻는 것
젊은 날,
우리 서로 사랑했지만
그때는 무지했다.

어린 소녀에게

나의 사랑, 나의 소녀여
나는 당신의 심장을
뛰게 만드는 것이 무엇인지
다른 누구보다 더 많은 것을 알고 있습니다.
당신의 어머니도
내가 아는 것만큼 알 수 없습니다.

누가 당신에 대한 내 마음을 아프게 했나요.
당신이 부인하고 잊었다 할 때
당신의 모든 피는 흥분되고
당신의 눈은 반짝거립니다.

에밀리 디킨슨
(Emily Elizabeth Dickinson, 1830.12.10 - 1886. 5.15)

미국 매사추세츠주 애머스트의 청교도 가정에서 태어났습니다. 디킨슨은 2000편에 달하는 시를 썼지만 생전에는 대중에게 인정받지 못했습니다. 운율에서나 문법에서 그 당시 파격적인 데가 있었기 때문에 겨우 4편의 시만이 시집에 실렸습니다. 에밀리 디킨슨은 소수의 시인과 꾸준히 서신으로 시를 주고받았습니다. 그녀의 시가 인정받은 것은 그녀의 여동생이 그녀의 사망 후 시를 모아 시집을 낸 후입니다.

그녀는 주로 사랑, 죽음, 이별, 영혼, 천국 등을 소재로 한 명상시가 많았습니다. 평생 독신으로 살았으며 늘 집안에서 은둔하며 단조로운 삶을 살다가 55세에 사망했습니다.

헤르만 헤세
(Hermann Hesse, 1877. 7. 2 - 1962. 8. 9)

독일계 스위스인. 소설가이자 시인이며 평론, 서한집 등 다수의 간행물을 썼습니다. 신학자 집안에서 태어나 철학, 종교, 정의와 같은 이념들에 대해 탐구하였습니다.

그의 어머니는 "4살의 아이는 제가 감당할 수 없을 정도의 지력과 굳은 의지를 가지고 있습니다."라며 어린 시절부터 창조의 열정을 보였습니다. 광기의 열정으로 그는 신학교를 탈출하고 자살을 기도하기도 하였습니다. 자전적 소설 〈데미안〉은 고뇌하는 청년의 자기 인식 과정을 그린 작품입니다. 이 소설은 독일 국민에게 큰 영향을 끼쳤고 이로써 그는 유명해졌습니다. 재능 있는 지식인을 통해 이중성을 탐구한 소설 〈유리알 유희〉를 완성 1946년 괴테상과 노벨상을 수상했습니다.

라이너 마리아 릴케
(Rainer Maria Rilke, 1875.12. 4 - 1926.12.29)

보헤미아의 프라하에서 출생했습니다. 프라하대학 문학부에 입학하였으나 본격적인 문학 수업은 뮌헨대학교로 옮긴 후 안드레아스 살로메를 만나면서 시작되었다. 릴케보다 14살 연상이었던 그녀는 릴케에서 러시아어를 가르쳐주고 러시아 여행을 통해 톨스토이와의 만남을 주선

하는 등 릴케에게 조언을 해 주었습니다.

1922년 두 개의 장편 연작시 『두이노의 비가(Duineser Elegien)』와 『오르페우스에게 바치는 소네트(Sonette an Orpheus)』를 완성했으나 오랫동안 앓아온 백혈병으로 1926년 스위스의 발몽 요양원에서 51세에 눈을 감았습니다.

윌리엄 워즈워스
(William Wordsworth, 1770. 4. 7 - 1850. 4.23)

잉글랜드 북부 호수 지방에서 태어났습니다. 1970년 대학 생활 중 여름휴가를 벗과 유럽을 도보 여행하며 미지의 자연미와 프랑스 혁명에 따른 새로운 사회모습을 보게 되었습니다. 프랑스 혁명을 지지했지만 자신이 믿던 정치 철학이 형식 논리에 불과하고 현실과 동떨어져 있음을 알고 정신적 위기와 절망 상태에 빠지게 됩니다. 이때 그를 건져 준 것이 자연이었고, 자연을 새롭게 인식하는 도움을 준 사람은 그의 여동생이었습니다.

1978년 〈서정 시집 Lyrical Ballads〉을 내어 영국 낭만주의 운동의 중심인물이 되었습니다. 창작활동은 1820년대에 마쳤으나 1843년에 계관시인(桂冠詩人)이 되어 일세의 존경을 받으며, 여생을 라이덜마운트의 산장에서 보냈습니다.

윌리엄 버틀러 예이츠
(William Butler Yeats, 1865. 6.13 - 1939. 1.28)

아일랜드 시인 겸 극작이며 1923년 노벨문학상을 수상하였습니다.

극장 경영, 정치 참여 등 실천에 중점을 두었으나 낭만적이고 신화적인 그의 시상과 대립되어 정신적 고통을 겪게 되었습니다. 그러면서도 그는 심령론을 연구하다 1917년 무녀와 결혼까지 하였습니다. 이런 복잡한 마음은 후기 작품에 영향을 주었습니다.

아일랜드 문예협회를 창립하고 아일랜드의 문예부흥운동을 진행, 아일랜드 국민극장을 설립하기도 하였습니다. 아일랜드 독립운동에 적극적으로 참여하여 독립이후 원로원 의원으로 정계에서 활동하였습니다.

한 가슴이 무너지는 걸 막을 수 있다면

초판 1쇄 발행 | 2023년 2월 15일
펴낸이 | 이원호
디자인 | 심플리
펴낸곳 | 리나북스
등 록 | 제99-2021-000013호
주 소 | 경기도 남양주시 와부읍 덕소로97 101, 104-902
전 화 | 031)576-0959
이메일 | rinabooks@naver.com
구입문의 | rinabooks@naver.com
ISBN | 979-11-981972-1-4 03840